L'HISTOIRE ! C'EST PAS SORCIER

LA PRÉHISTOIRE

DEUX COQS D'OR

Directrice : Sarah Kœgler-Jacquet
Directrice de projets : Sandra Berthe
Graphiste : Mylène Gache
Éditrice : Elsa Hug
Fabrication : Morgane Lajeunesse

Suivi éditorial : Aurore Meyer
Mise en pages : François Lemaire / Flgraf
Lecture-correction : Agnès Scicluna
Relecture : Frédéric Bosc

Auteure : Aurélie Desfour
Illustrateur : Matthieu Roda

58, rue Jean Bleuzen – 92178 Vanves Cedex.
Dépôt légal : février 2021 – Édition 01.
Imprimé en Espagne par Macrolibros. Achevé d'imprimer en février 2021.
Loi n° 49-956 du 16 juillet 1949 sur les publications destinées à la jeunesse.

SOMMAIRE

DU PREMIER HOMME À L'HOMME MODERNE

Les hommes préhistoriques sont tous les hommes qui ont vécu avant l'invention de l'écriture. Ils ont peuplé la Terre pendant plusieurs millions d'années avant l'arrivée de l'homme actuel.

ARBRE GÉNÉALOGIQUE

Si l'hominidé est notre plus vieil ancêtre connu, il n'est pas encore tout à fait un homme. Apparu en Afrique, le premier véritable homme est l'*homo habilis*, si habile qu'il fabrique des outils. Puis, vient le tour de l'homo erectus, l'« homme debout ». Bien plus tard, il y a au moins 300 000 ans, l'*homo sapiens*, celui « qui sait », apparaît. Très intelligent, on l'appelle aussi « homme de Cro-Magnon » ou « homme moderne ». Car l'*homo sapiens*, c'est nous !

Le sais-tu ?

Descendant des *homo erectus* partis vivre en Europe, l'homme de Néandertal est un de nos cousins. Différent de l'homme moderne, il n'a pas vraiment de menton ! Pourtant, à un moment, ces deux espèces vivent en Europe en même temps, et se reproduisent même entre elles ! Mais comme les hommes de Néandertal sont moins nombreux, ils disparaissent peu à peu.

LE GRAND VOYAGE DES HOMMES

On appelle l'Afrique le « berceau de l'humanité », car c'est le continent où apparaît le premier homme. Plus tard, l'homme découvre de nouveaux territoires. L'*homo erectus* va ainsi vivre au Moyen-Orient, en Asie et en Europe. Puis, les hommes du Moyen-Orient évoluent en *homo sapiens* et se rendent à leur tour en Europe, avant de se disperser dans tous les continents.

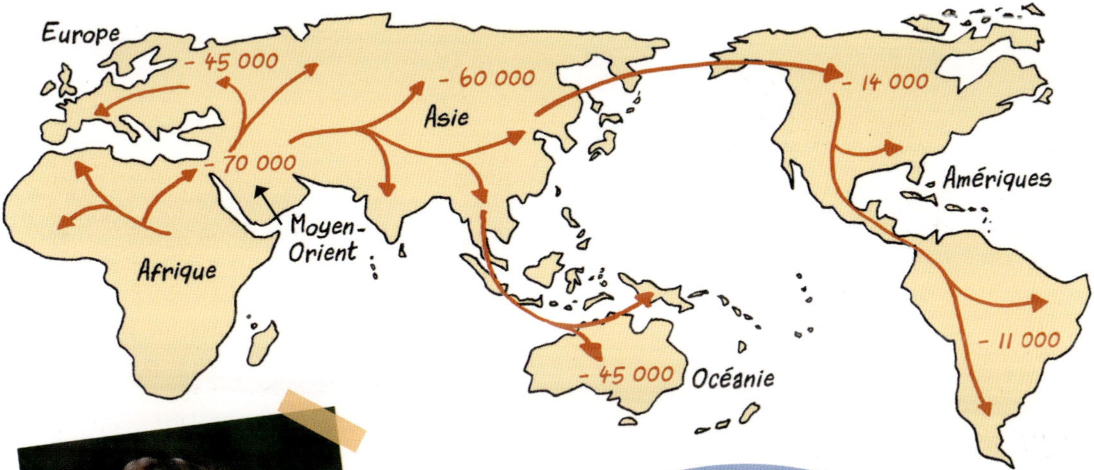

INCROYABLE mais vrai !

Si le chimpanzé est aujourd'hui notre plus proche cousin, nous avons eu de nombreux cousins humains sur la Terre (comme l'homme de Néandertal). En effet, plusieurs espèces d'hommes, issues des grands singes, ont peuplé la Terre. Mais seule la nôtre a survécu.

L'ENVIRONNEMENT DE L'HOMME MODERNE

Les hommes préhistoriques n'ont pas tous connu le même climat. Lorsque l'homme moderne arrive en Europe, pendant la dernière glaciation, il doit vivre dans des conditions très difficiles.

GLACE À VOLONTÉ !

En Europe, il y a environ 130 000 ans, il fait très froid. La calotte glaciaire s'étend du pôle Nord au sud de l'Angleterre. Presque toute l'année, la moitié nord de la France est gelée. Les Alpes et les Pyrénées sont recouvertes de glaciers. Les hommes vivent donc dans de grandes plaines du sud de la France, balayées par les vents. En hiver, la température peut descendre jusqu'à - 20 °C. Mais l'été, elle peut atteindre 15 °C, permettant à des étendues d'herbes et à quelques rares arbres de pousser.

Petit lexique

GLACIATION
La glaciation est une période pendant laquelle une partie importante des continents est couverte de glace.

DES CHASSEURS HEUREUX

Bien équipé, l'homme moderne s'adapte à ces conditions de vie. Les grandes plaines ont même un énorme avantage : elles accueillent d'immenses troupeaux d'animaux. Les chasseurs n'ont qu'à choisir leurs proies !

Le sais-tu ?

Si l'homme moderne côtoie des canards, des loups et des renards, il croise aussi des animaux disparus comme le mammouth, le rhinocéros laineux, le mégacéros ou le lion des cavernes !

PASSION MAMMOUTH

Le mammouth a disparu pendant la Préhistoire. Pourtant, en Sibérie, une région très froide du nord de la Russie, la fonte des glaces a permis la découverte de plusieurs mammouths entiers congelés, pour le plus grand bonheur des scientifiques !

Carcasse de mammouth retrouvée en Sibérie au printemps 1902 lors d'une expédition de l'Académie des sciences de Russie.

DE GRANDS INVENTEURS D'OUTILS

En taillant des galets avec des pierres pour découper les carcasses des animaux, l'*homo habilis* crée le premier outil.

LA TAILLE DU SILEX : TOUT UN ART !

Plus tard, l'*homo erectus* découvre qu'en frappant sur l'extrémité d'un silex, un éclat s'en détache. En enlevant plusieurs lames, il façonne cette pierre dure et crée ainsi le biface, un véritable couteau suisse taillé sur les deux faces ! Ses bords tranchants permettent de couper, sa pointe de graver ou de percer tandis que sa partie arrondie et bombée peut être utilisée pour creuser. Mais c'est l'homme moderne, avec l'utilisation de percuteurs tendres comme des bois de renne ou de cerf, qui obtient des formes plus précises.

Taille du silex avec un percuteur en bois (de renne ou de cerf).

À LA LOUPE

Les « feuilles de laurier » sont les outils en silex taillés parmi les plus beaux jamais retrouvés. Pourtant, ces grandes lames de pierre semblent n'avoir jamais servi. Certains archéologues pensent que les hommes les fabriquaient pour prouver qu'ils étaient des champions de la taille de pierre !

UNE VRAIE PANOPLIE !

Déjà expert dans la taille de très nombreux outils en silex, l'homme moderne sculpte d'autres matériaux comme le bois de renne ou l'os pour fabriquer de nouveaux outils et des ustensiles. Chacun améliore sa vie quotidienne pour la chasse, la pêche, l'habillement ou encore l'éclairage.

INCROYABLE mais vrai !

L'aiguille a été inventée il y a au moins 45 000 ans ! Mais comme elle était en os, elle ne pouvait pas transpercer les peaux. Il fallait donc utiliser un perçoir pour faire des trous avant de coudre.

DE COURAGEUX CHASSEURS

Les premiers hommes tuent de petites proies en lançant des pierres. Ils mangent aussi les restes de proies tuées par des félins. Mais grâce à l'invention des outils, leur technique s'améliore…

LA CHASSE : UNE QUESTION DE STRATÉGIE

Les hommes modernes chassent le plus souvent des bisons, des chevaux, des rennes et des aurochs (disparus depuis). Parfois, ils s'attaquent aussi au mammouth, mais c'est rare, car la chasse de cet énorme animal est difficile. Grâce à leur observation de la nature, les hommes savent où se cacher pour guetter le gibier. Ils creusent aussi des pièges, poussent les animaux à se jeter du haut d'une falaise, et peuvent se séparer en deux groupes pour rabattre les animaux dans des marécages.

Le sais-tu ?

Les enfants et les femmes participent aussi à la chasse. Leur rôle est d'effrayer le gibier pour le faire courir vers un piège. On peut aussi imaginer que les femmes lançaient la sagaie aussi bien que les hommes !

DES OUTILS REDOUTABLES

L'homme moderne chasse d'abord avec une sagaie, un long manche en bois au bout duquel il colle une pointe en bois de renne. Mais il invente bientôt une nouvelle arme qui va révolutionner la chasse : le propulseur. Très souvent taillé dans du bois de renne, cet outil permet de lancer la sagaie plus loin et avec plus de puissance. Plus tard, il invente l'arc, pour tirer avec encore plus de précision.

À LA LOUPE

Le plus souvent en harmonie avec la nature, l'homme moderne ne chasse que le gibier dont il a besoin ! Il en mange la viande et récupère aussi la peau, qu'il travaille avec des grattoirs pour en faire des vêtements.

ZOOM SUR LA PÊCHE

L'homme moderne ne se nourrit pas seulement de viande, il cueille aussi des fruits, des baies sauvages, des champignons et mange beaucoup de poisson.

UNE IMPORTANTE SOURCE DE NOURRITURE

Dans les rivières, l'homme moderne attend la montaison pour pêcher des poissons capables de nourrir tout son clan. Les saumons, qui peuvent atteindre la taille de 1 mètre, représentent en effet beaucoup de nourriture et ils sont bien moins dangereux à chasser que les grands herbivores ! Pour pêcher, les hommes utilisent des filets ou des harpons en os : de longues tiges dans lesquelles ils sculptent des crochets. Futés, ils inventent même les hameçons !

Petit lexique

MONTAISON
La montaison est la période où les saumons quittent la mer et remontent les rivières pour aller pondre leurs œufs.

MENU PRÉHISTO !

Quels poissons l'homme moderne mange-t-il ? Les mêmes que toi ! Du saumon, de la truite, du brochet, des daurades... Il se nourrit aussi de fruits de mer comme les huîtres, les coques, les moules et les coquilles Saint-Jacques, et de crustacés. En fait, tout dépend de l'endroit où il vit : il profite de tout ce que la nature a de bon à lui offrir !

Qui l'eût cru ?

En général, la pêche est moins périlleuse que la chasse. À condition de ne pas croiser d'ours brun, un grand amateur de saumon ! Car dans ce cas-là, « pêcher » rime avec « danger » !

UNE JOURNÉE À LA PRÉHISTOIRE

Et si tu faisais un voyage au temps des hommes modernes ? Découvre un peu plus leur vie quotidienne à travers ces questions !

VRAI ? OU ? FAUX

Les hommes modernes mangent parfois de la soupe.

Vrai. Ils ont trouvé une super technique ! D'abord, ils font chauffer des galets dans la braise. Puis, ils mettent ces pierres dans une outre (une sorte de sac) en peau de bête remplie d'eau. Une fois l'eau venue à ébullition, ils n'ont plus qu'à préparer un bon bouillon avec de la viande, du chou sauvage, quelques escargots...

Il y a environ 30 000 ans, l'homme a domestiqué un animal. Lequel ?

1. Le mammouth
2. Le loup
3. Le lion des cavernes

2. Le loup
En le domestiquant, l'homme crée le chien, un compagnon d'une grande aide pour la chasse !

L'homme moderne fabrique des bijoux avec divers matériaux. Parmi les trois ci-dessous, lequel n'est pas utilisé à la Préhistoire ?

1. Le caoutchouc
2. Les dents
3. Les coquillages

1. Le caoutchouc
Mais ils font des trous dans les dents et les coquillages pour les coudre sur des vêtements ou fabriquer des colliers ou des bracelets.

VRAI ? OU ? FAUX

Les hommes modernes savent nager et naviguer.

Vrai. Curieux, l'homme moderne veut voir ce qui se trouve au-delà de l'horizon. Le bateau a même été inventé avant la roue !

LA VIE AU CAMPEMENT

L'homme préhistorique ne vit pas dans des grottes. Pas fou, il n'a aucune envie de partager une maison sombre avec un ours des cavernes. Il préfère camper en plein air !

UNE VIE DE CLANS

Autour du feu, le groupe d'environ 20 personnes habite des tentes construites avec des peaux de bêtes et des piquets en bois, ou avec des défenses de mammouth. Nomades, les hommes emportent leurs maisons lorsqu'ils changent de lieu de vie ! Bien sûr, les clans se croisent, et se donnent même parfois rendez-vous. Ils troquent alors des objets ou « échangent » des femmes pour garantir la survie de l'espèce. Mais jamais ils ne se battent entre eux. Car pourquoi faire la guerre ? Les hommes sont peu nombreux, il y a assez de nourriture pour tout le monde… La vie est belle !

PASSION TRANSMISSION

S'il ne parle pas notre langue, l'homme moderne a déjà un langage bien structuré avec lequel il transmet son savoir. Les anciens enseignent ainsi aux plus jeunes à reconnaître les plantes et les traces des animaux sur le sol.

UNE ORGANISATION AU POIL !

Dans le campement, les espaces sont délimités. Il y a d'un côté la cuisine, de l'autre des endroits réservés à la taille des pierres, des os et des bois... et au long travail des peaux de bêtes. Il faut d'abord racler les peaux, les nettoyer, les sécher, puis les tanner pour les transformer en cuir. Ensuite, grâce aux poils d'animaux comme le crin de cheval ou à des tendons, l'homme moderne coud des couvertures, des outres, des vêtements et même des chaussures !

LA MÉDECINE

L'homme moderne peut vivre jusqu'à 40 ans. Pourtant, dans un monde sans savon ni hygiène, il n'est pas rare de mourir bien plus jeune.

DÉJÀ MÉDECINS ?

Si du temps de l'homme moderne une appendicite ou une indigestion peuvent être fatales, on sait déjà panser les plaies et soigner les fractures. Un savoir bien utile en cas d'accident de chasse ! Pour immobiliser le membre cassé, le chaman utilise un morceau de bois. Ensuite, ce sont tous les membres du clan qui prennent soin du blessé.

À LA LOUPE

Expert des plantes, l'homme moderne sait les utiliser pour se soigner. Et il n'est pas le seul ! En cas de bobo, l'homme de Néandertal mange du peuplier, un arbre dont les bourgeons contiennent des anti-inflammatoires semblables à l'aspirine !

LA DÉCOUVERTE DU FEU

En apprivoisant le feu, l'homme fait un pas de géant dans sa conquête du monde.

À LA LOUPE

L'*homo erectus* invente l'ancêtre du briquet : il découvre qu'en frottant un silex contre un caillou contenant du fer, ou en frottant deux morceaux de bois l'un contre l'autre, il fait des étincelles. Il ne lui reste plus qu'à se placer au-dessus d'une matière inflammable (comme certains champignons) pour que le feu prenne. Malin !

AU SECOURS ! DU FEU !

Pendant très longtemps, l'homme a peur du feu. Après tout, celui-ci est souvent causé par la foudre et réduit les arbres en cendres. Quant à la lave des volcans, elle brûle aussi tout sur son passage... Pourtant, l'homme comprend que le feu peut lui être très utile. Il a alors une idée géniale : il profite des incendies naturels pour capturer des flammes au bout d'un bâton !

LE FEU, UN ATOUT CHOC

Le feu devient vite indispensable aux hommes. Il leur sert à repousser les terribles fauves, à cuire les aliments, à s'éclairer dans les grottes pour dessiner et à rendre la pointe de leurs lances de bois plus solides. Mais le feu permet aussi aux hommes de s'aventurer dans des régions plus froides. Une vraie révolution !

AUTOUR DU FEU

Tu aimes les histoires autour du feu ? Les hommes préhistoriques aussi ! La découverte du feu aurait favorisé l'apparition du langage, en réunissant les hommes autour du foyer. Ce n'est pas pour rien si le terme « feu » au Moyen Âge, puis « foyer » aujourd'hui, sont utilisés pour désigner la famille !

DANS LA TÊTE DES HOMMES PRÉHISTORIQUES

Les hommes modernes affrontent un monde parfois difficile. Heureusement, leurs croyances les aident à rester courageux !

VRAI ? OU ? FAUX

Les hommes modernes connaissent l'amour.
Vrai. Comme nous, les hommes modernes parlent, rêvent et éprouvent des émotions et des sentiments. Après tout, nous avons le même cerveau !

Quel animal n'est pas peint dans la grotte Cosquer, près de Marseille ?

1. Le cheval

2. Le phoque

3. Le perroquet

3. Le perroquet
En effet, dans cette grotte unique au monde, les hommes ont peint des animaux terrestres habituels, mais aussi des animaux marins comme des méduses, de grands pingouins, des poissons ou des poulpes !

Le chaman a une place très importante dans le clan. C'est lui qui communique avec les esprits. Dans quel lieu sacré le fait-il souvent ?

1. Dans une grotte

2. Au sommet d'une falaise

3. Au milieu d'une rivière

1. Dans une grotte
Il y orchestre des cérémonies durant lesquelles il peint son visage avec un pigment de couleur.

VRAI ? OU ? FAUX

Les hommes modernes enterrent leurs morts.
Vrai. Ils creusent une fosse à quelques mètres de leurs campements pour enterrer leurs morts avec des fleurs, des objets et des bijoux leur ayant appartenu.

LA NAISSANCE DE L'ART

Créatif et talentueux, l'homme moderne invente l'art, et laisse déjà entrevoir autre chose : sa recherche de contacts avec le monde des esprits.

BIEN PLUS QUE DES DESSINS...

Sur les parois des grottes, l'homme moderne grave et peint à l'aide de charbon de bois et de roche colorée. Il dessine surtout des animaux comme les chevaux, les bisons, les cerfs, les bouquetins, les lions des cavernes... mais très peu d'hommes. La raison ? Ces animaux représentent des forces surnaturelles. Pour lui, les grottes sont très certainement sacrées et abritent les esprits. En laissant la trace de ses mains sur les parois, on pense qu'il cherche à communiquer avec un monde invisible...

Le sais-tu ?

Les plus anciennes peintures rupestres (hormis l'Asie), découvertes en 1994 dans la grotte Chauvet, datent de plus de 30 000 ans. Comme elles sont restées cachées pendant toutes ces années, elles sont très bien conservées. Mais la respiration de nombreux visiteurs pourrait détruire ces trésors. Pour préserver les grottes, on en fabrique donc des copies !

Avec la sculpture et la musique, l'art de l'homme moderne prend d'autres formes que la peinture.

Flûte en os d'oiseau
La dame à la capuche (statuette en ivoire)
La Vénus de Willendorf (statuette en calcaire)
Bison se léchant (fragment d'un propulseur, en bois de renne)

UN NOUVEAU MODE DE VIE

Pendant la dernière glaciation, l'homme moderne vit de la cueillette et de la chasse. Avec le réchauffement des températures, il y a environ 10 000 ans, il change peu à peu de mode de vie.

LA FIN D'UNE VIE NOMADE

N'étant plus obligé de se déplacer pour se nourrir, l'homme élève des sangliers (à l'origine des cochons) et des aurochs (ancêtre des vaches et des taureaux). Il cultive des céréales, comme le blé et l'orge, et s'installe à côté pour s'en occuper. Il devient « sédentaire », c'est-à-dire qu'il ne change plus de lieu d'habitation. Ses habitations temporaires deviennent alors des maisons solides. Les clans grossissent et forment des villages, que l'on entoure de barricades pour protéger les récoltes et les animaux. Mais comme chacun veut protéger ce qu'il possède, les conflits et la guerre apparaissent...

Petit lexique

PROPRIÉTÉ
La propriété est le fait de posséder quelque chose.

En devenant agriculteur et éleveur, l'homme considère que les animaux et la terre lui appartiennent.

DE NOUVELLES ACTIVITÉS

L'homme remarque que la terre ne s'accroche pas à la pierre polie. Il fabrique alors des outils pour l'agriculture. L'artisanat se développe également. L'homme crée des poteries en argile, il file la laine (de mouton, de lama, etc.) et en fait du tissu, et tresse l'osier pour en faire des paniers. Enfin, il dresse des monuments composés d'une ou plusieurs pierres de grandes dimensions : les menhirs et les dolmens.

Des menhirs

Un dolmen

INCROYABLE mais vrai !

Les femmes nomades ne donnaient naissance qu'à un bébé tous les trois ou quatre ans, car elles devaient participer à la chasse pour se nourrir. En devenant sédentaires, elles peuvent faire un enfant par an. Si nos ancêtres ne s'étaient pas sédentarisés, nous ne serions que quelques centaines de milliers sur la planète... et non plus de 7 milliards !

À LA RECHERCHE DE NOS ANCÊTRES

Les traces laissées par nos ancêtres se trouvent le plus souvent sous terre ou dans les grottes…

UN TRAVAIL DE DÉTECTIVE

Avec le temps, des couches de terre se superposent sur les lieux d'habitation de nos ancêtres. Les archéologues font donc des fouilles pour remonter dans le temps !
Mais c'est un travail minutieux. D'abord, ils divisent le terrain en carrés numérotés. Puis, dès qu'ils font une trouvaille, ils l'enlèvent délicatement du sol avec de petits outils.
Ainsi, en 1974, des archéologues ont découvert 52 morceaux d'os en Éthiopie. En les assemblant, ils ont reconstitué près de la moitié du squelette de Lucy, une de nos ancêtres ayant vécu avant l'*homo habilis*, il y a plus de 3 millions d'années !

INCROYABLE mais vrai !

Avec ses peintures et ses gravures vieilles de près de 20 000 ans, **la grotte de Lascaux** est l'un des plus merveilleux chefs-d'œuvre de l'humanité. Dire que quatre enfants l'ont découverte par hasard en 1940 !

Grotte de Lascaux ornée d'animaux, de petits symboles et de points dont nous n'avons pas encore percé le secret.

LE GRAND QUIZ

Tu crois tout savoir sur les hommes préhistoriques ? Prouve-le !

QUESTION A

Sur quel continent apparaît le premier homme ?

1. L'Asie
2. L'Océanie
3. L'Afrique

QUESTION B

De quoi est recouverte l'Angleterre lorsque l'homme moderne arrive en Europe ?

1. De prés de marguerites
2. De glace
3. De champs de citrouilles

QUESTION C

Trouve le nom d'un très bel outil en silex !

1. Le chapeau de champignon
2. L'aiguille de pin
3. La feuille de laurier

QUESTION D

Lorsque l'homme chasse, quel objet lui permet de lancer la sagaie encore plus loin ?

1. Le propulseur
2. La fusée
3. La cocotte-minute

QUESTION E

Quel animal peut attaquer l'homme pendant sa pêche ?

1. Le mammouth
2. La loutre
3. L'ours brun

Réponses : A3, B2, C3, D1, E3, F2, G1, H3, I3, J3.